I0686722

POÉSIES

1869-1875

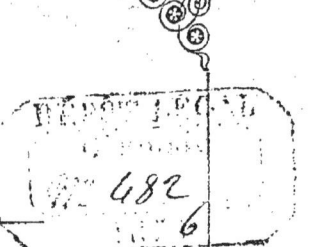

RIMES ANTIBONAPARTISTES

POUR LES INONDÉS

PAR

G. DUPIN

BORDEAUX

TYP. DUVERDIER ET COMP. (DURAND, DIRECTEUR)
7, rue Gouvion, 7

1876

RIMES ANTIBONAPARTISTES

Jamais, du poignet des poëtes,
Jamais, pris au collet, les malfaiteurs n'ont fui.

Victor HUGO.

Dans ces dernières années, l'auteur avait, de loin en loin et au milieu d'occupations plus sérieuses, composé quelques poésies pouvant intéresser le public; ce sont ces productions qui ont été rassemblées ici.

POÉSIES

1869-1875

RIMES ANTIBONAPARTISTES

POUR LES INONDÉS

PAR

G. DUPIN

BORDEAUX

TYP. DUVERDIER ET COMP. (DURAND, DIRECTEUR)
7, rue Gouvion, 7

1876.

Décembre 1875.

DÉDICACE

A vous, frères d'Alsace et frères de Lorraine,
Qui, — pour que de Français le nom vous reste acquis, —
Avez, le cœur brisé, l'âme de regrets pleine,
Déserté vos cités et vos foyers conquis;

A vous, frères perdus, plus malheureux encore,
Qui, — ne pouvant quitter la terre des aïeux, —
Devez, terrible affront qu'en silence on dévore,
Vivre en face toujours d'un vainqueur odieux,

Sont dédiés ces vers, passager opuscule,
Où la Muse, frappant ceux qui nous ont trahis,
Veut atteindre surtout ce moderne Augustule,
L'artisan des malheurs de notre cher pays.

Décembre 1875.

—

AVANT-PROPOS

Aux rimes que voici, quoique rétrospectives,
Quoique ne composant qu'un assez court recueil,
Quoique enfin, devant l'art, sans doute un peu fautives,
    Lecteur, réserve bon accueil.

Certes, ces vers sont loin d'être une œuvre accomplie;
Mais ils partent d'un cœur qui bat d'émotion
A chacun de ces mots : Droit, Justice, Patrie.
    Grâce donc, pour l'intention.

Puis, quand la faction, qui sans trève conspire,
Songe à nous replonger au bourbier césarien,
Exhumer des vers faits jadis contre l'Empire
    Ne saurait qu'être trouvé bien.

Mars 1869.

—

RÉVEIL

I

Quoi! fermeté, civisme, amour du bien, courage,
    Tout des cœurs serait effacé!
Quoi! nous renoncerions au splendide héritage
    Que nos pères nous ont laissé!
Quoi! de *Quatre-vingt-neuf* la radieuse aurore,
    Dont le monde fut ébloui,
Nos droits, nos libertés que ce temps vit éclore,
    Tout à jamais évanoui!
Il nous faudrait sans cesse au joug de l'arbitraire
    Soumettre nos fronts assouplis;
Sans cesse il nous faudrait accepter et nous taire
    En face des faits accomplis!
Il nous faudrait souffrir de mille abus énormes,
    Sans chercher à les corriger;

Il faudrait obéir à mille lois difformes,

Sans rien faire pour les changer!

Quoi! des bons citoyens les meilleures pensées,

Qui devraient rayonner partout,

Partout à se cacher toujours seraient forcées,

Devant l'impudence debout!

On pourrait bâillonner la presse indépendante,

La frapper à coups répétés,

Et l'on protégerait telle plume insolente,

Mais fertile en servilités!

Quoi! de nous rapprocher on nous ferait un crime :

Ni meetings, ni réunions;

On irait, poursuivant même l'échange intime

De vœux, d'espoirs, d'opinions!

On nous regarderait encore, en quelque sorte,

Comme taillables à merci;

D'alléger les impôts, cette charge si forte,

On ne prendrait aucun souci!

Constamment nous serions condamnés à produire,

Pour voir un budget monstrueux

Solder gros traitements, cumuls honteux à dire,

Fêtes et galas fastueux!

On recommencerait, en de lointains parages,

Quelque folle expédition,

Employant bien en vain vos bras et vos courages,

Fils de la grande nation!

De notre France, enfin, généreuse et loyale,

Qui de l'honneur eut le dépôt,

On nous ferait bientôt une France brutale

Ne sachant que le chassepot (¹)!

II

Eh bien, si cela fut, cela ne peut plus être.

Non, car il est incontesté,

L'impérieux besoin de te voir reparaître,

Sainte et féconde liberté!

Non, car du noir cachot où, garottée et morte,

On put la jeter une nuit,

La France sort enfin, plus vivante et plus forte,

Et marche vers le jour qui luit.

Non, car le pays veut ses anciennes franchises

Et car, longtemps trop à l'étroit,

Il choisit maintenant des plus fières devises

Celle-ci : Mon droit et mon droit.

Non, car le flot montant de la démocratie

Revient, calme mais souverain,

Et car, par lui battus, abus et tyrannie

Crouleront, fussent-ils d'airain!

(¹) On entend parler d'une France qui n'aurait pour soldats que de sauvages prétoriens.

III

Oh ! mais, pour que des faits sortent de ces prémices,

　　Pour ravoir ce qu'on nous a pris,

Rien ne doit nous coûter, labeurs ni sacrifices ;

　　La victoire n'est qu'à ce prix.

Suivons avec ardeur l'exemple de nos pères

　　Qui, lors de l'immortel combat,

Eurent, pour balayer tyrans et mercenaires,

　　Ce courage que rien n'abat.

Soyons vaillants comme eux, comme eux soyons stoïques,

　　Et qu'intrépide et résolu,

Chacun sache imiter ces hommes héroïques,

　　Dès que viendra l'instant voulu.

Nous montrerons alors à ceux qui se décernent

　　Tous droits, tout pouvoir, aujourd'hui,

Qu'un peuple n'est pas fait pour ceux qui le gouvernent,

　　Mais bien ses gouvernants pour lui.

Mai 1869.

LES BONS ET LES MÉCHANTS

> Il est temps que les bons se
> rassurent et que les méchants
> tremblent.
> *(Phrase bien connue d'une pro-*
> *clamation de décembre 1851.)*

O bons, rassurez-vous, et vous, méchants, tremblez !

Et les premiers étaient ceux qui furent comblés
De places et d'argent après le *Deux-Décembre;*
C'étaient les intrigants, les coureurs d'antichambre,
Les chauvins, les traîneurs de sabre, les soudards,
Gens de tous les partis et de tous les hasards;
Les hommes sans pudeur, probité ni vergogne,
Que ne peut rebuter la plus sale besogne;
Les plats adulateurs, prompts aux convexités;
Les traîtres, les peureux, les coquins effrontés;
Les ignorants, troupeau que sait conduire en maître
Un simple maire aidé de son garde-champêtre;
Les égoïstes froids qui, hors eux, n'aiment rien;
Enfin, ceux qui toujours trouvent que tout va bien.

Et les seconds étaient ceux dont la République

Fut l'espoir et le but, et la pensée unique ;

Ceux qui, pour la défendre, oublieux du danger,

Se levèrent partout quand on vint l'égorger ;

C'étaient ceux qui, bien haut, soutenaient que personne

N'est au-dessus des lois, portât-il la couronne ;

Les protestants du droit, pour qui le coup d'État

S'appelait guet-apens, criminel attentat ;

Ceux qu'alors vint frapper un ignoble arbitraire ;

Ceux qui depuis sont morts sur la terre étrangère ;

Ceux qui, pour le devoir de plus en plus épris,

Loin de leur doux pays restent toujours proscrits ;

C'étaient les nobles cœurs, exempts de toute crainte,

Que du peuple jamais ne trouve sourds la plainte ;

Enfin, les hommes bons, droits, pleins d'honnêteté,

Pour toi, France, rêvant progrès, paix, liberté.

Juillet 1869.

—

L'EMPIRE, C'EST LA PAIX

(AUGUSTE ASSERTION)

I

L'Empire, c'est la paix. D'abord, on sait trop comme,

Ainsi qu'ils l'avaient dit (¹), recommençant de Rome,

Mais à l'intérieur, une expédition,

Le *Deux-Décembre*, France, ô grande nation,

Ils t'ont, le sabre au poing, garottée à l'Empire ;

On sait que leur fureur alla jusques au pire,

Que le sang à longs flots ruissela dans Paris,

Et que par bien des mille on compta les proscrits.

II

L'Empire, c'est la paix. Allons, guerre en Crimée !

Dans la vieille Tauride envoyons une armée !

(¹) Les réactionnaires, par la bouche de Montalembert, demandèrent, en 1851, une expédition de Rome à l'intérieur. Ils l'obtinrent le 2 décembre.

Du Czar voyez partout surgir les bataillons
Et sur le Pont-Euxin flotter ses pavillons!
La gloire nous attend. Allons! — Mais, sort funeste,
Le fer, le plomb, le glaive, et la fièvre et la peste
Ont moissonné nos fils dont les os blanchiront
A tout jamais, hélas! par delà l'Hellespont!

III

L'Empire, c'est la paix. Cette fois, Italie,
La guerre, se faisant, pour toi reste ennoblie;
Et du moins nos soldats, morts à Solferino,
Te vengèrent alors du féroce Haynau (1).
Mais, fuyant ces exploits et désertant sa tâche,
L'aigle, redevenu le vautour vil et lâche,
Depuis a bien prouvé que, dans le fond, il n'a
De courage que pour se battre à Mentana.

IV

L'Empire c'est la paix. Guerre à notre antipode!
Les Chinois sont payens et d'ailleurs gens de fraude;
Nous les rançonnerons ou nous prendrons Pékin;
Et qui nous blâmerait ne serait qu'un faquin.

(1) Haynau; général autrichien qui, pendant la guerre d'Italie, en 1849, commit toute espèce d'atrocités.

La Cochinchine aussi recevra nos visites.

En avant donc, soldats! Parce que les jésuites

Veulent y convertir, surtout y commercer,

Combien de sang là-bas il nous faudra verser!

V

L'Empire, c'est la paix. Rien, dites-vous, n'explique

Et ne peut excuser cette guerre au Mexique.

Écoutez ces raisons, — sans trop vous en moquer : —

On veut faire rentrer la créance Jecker ;

On veut faire empereur un archiduc d'Autriche,

Que peut-être en-dessous on exploite et l'on triche.

Ah! si l'on eût laissé l'épée en son fourreau,

Qui saurait aujourd'hui ton nom, Queretaro?

VI

L'Empire, c'est la paix. Cependant de la France

On s'ingénie à faire une caserne immense (1) ;

Et de l'antique honneur les généreux gardiens

Ne seront bientôt plus que d'abjects prétoriens.

---

(1) L'organisation militaire de 1868 n'avait rien de commun avec celle de 1872 qui, complétée par d'autres mesures démocratiques, procurera à la France une armée vraiment nationale.

Alors, tristes héros, et soldats et mobiles,
Dressés pour les combats et les guerres civiles,
Brilleront d'autant plus qu'ils seront plus ardents
A tuer au dehors, et, s'il faut, au dedans.

VII

L'Empire, c'est la paix. Un dernier mot encore.
Que d'argent tout cela depuis quinze ans dévore !
Ce qui fut devenu réserve en temps meilleur,
L'impôt de vingt façons l'arrache au travailleur.
Et la plus grande part, nous ne l'ignorons guère,
Nourrit cet ogre affreux, le budget de la guerre,
Dont l'estomac est vaste et les instincts épais.
Ah ! véritablement, l'Empire, c'est la paix !

Décembre 1869.

L'ORDRE, J'EN RÉPONDS

(NOUVELLE AFFIRMATION)

Pour l'ordre, il en répond. Il le dit, il l'assure.

Mais l'ordre de cet homme, on en sait la mesure

Et le genre. Jadis, lors de son guet-apens,

Combien qui l'ont appris, hélas! à leurs dépens.

Les morts, les exilés, et l'Afrique, et Cayenne

Savent, à ce sujet, quelle idée est la sienne.

Et vous, pauvres mineurs, cibles des chassepots (¹),

Orphelins qu'on a faits, vous venez à propos

Nous rappeler comment on entend l'ordre en France.

Travailleurs mal payés qui, contre la souffrance,

Et les privations, et le noir dénûment,

Luttez sans nul répit, luttez à tout moment,

Que vouliez-vous? — Pouvoir au moins, dans le salaire,

Pour les vôtres et vous trouver le nécessaire;

(¹) On n'a pas oublié les sanglantes répressions de la Ricamarie et
d'Aubin, vers le milieu de l'année 1869.

2

Et l'on vous répondit par des coups de fusil.

Vos frères, les soldats, quelque immonde alguazil

Les poussant lâchement à ces exploits infâmes,

Firent feu. Tout tomba, hommes, enfants et femmes.

Ricamarie, Aubin, purent compter leurs morts;

Mais, résultat heureux, l'ordre régna dès lors.

Eh bien! n'en doutons pas, pour autant qu'il s'écarte

De l'ordre véritable, à Monsieur Bonaparte

Pareil ordre est celui qui toujours sourira

Et, le cas échéant, encore il en fera.

Donc, si nous réclamons nos libertés intimes,

Nos droits les plus sacrés et les plus légitimes,

Tout ce qui nous est cher enfin, ô citoyens,

Lui se rûra sur nous avec ses prétoriens,

Avec ses chassepots, avec ses mitrailleuses,

Et nous serons broyés, victimes malheureuses,

Tandis que, par astuce ou par simplicité,

Certains diront qu'il sauve ordre et société.

Mais non, le temps n'est plus de pareilles surprises,

Non, ne redoutons pas d'anciennes entreprises;

Au contraire, comptons, et bientôt, sur le jour

Où, ce sanglant sauveur disparu sans retour,

Il faudra que partout enfin on reconnaisse

Qu'il n'a jamais sauvé qu'une chose, — la caisse.

Mai 1870.

LES PLÉBISCITES DE CÉSAR

Jadis, Rome républicaine
Et jalouse de tous ses droits,
Faisait, votait en souveraine
Ses plébiscites et ses lois.
Mais César vint et la patrie
Fut un jour liée à son char;
On l'y traîna pâle et meurtrie;
Ah! maudit, maudit soit César!

Bientôt après, dans ses comices
Acclamant le triomphateur,
Rome s'en remit aux caprices
Du fourbe et sanglant dictateur.
Tous les pouvoirs passant au maître,
Jusqu'à la plus infime part,
On n'eut alors qu'à se soumettre,
Ah! maudit, maudit soit César!

Puis César exigea que Rome,

Ne s'arrêtant pas à si peu,

Reconnut en lui plus qu'un homme,

Plus qu'un héros....., un demi-dieu.

Et le peuple, ce pauvre ilote,

Le front courbé, l'œil sans regard,

Déclara cela par un vote.

Ah! maudit, maudit soit César!

Plus tard, race dégénérée,

Les descendants de Romulus

Virent la série exécrée

Des Néron, des Vitellius.

L'empire sur la pente immonde

S'en alla, flottant au hasard,

Toi, liberté, sauve le monde!

Et maudit, maudit soit César!

15 Décembre 1870.

—

LES RÉACTIONNAIRES

Ils ont plongé la France en cet horrible gouffre,
Ils sont la cause si maintenant elle souffre,
Elle saigne du sang des meilleurs de ses fils.
Oui, ce sont eux, avec leurs stupides défis,
C'est l'homme de Décembre et de Sedan, leur maître,
Cet étrangleur de lois, toujours prêt à commettre
Les forfaits les plus noirs : parjure, meurtre, vol ;
Oui, c'est lui, ce sont eux qui, sur ton noble sol,
Patrie, ont appelé les hordes de Guillaume,
Les Barbares qu'on voit, des palais jusqu'au chaume,
Promener l'incendie aux sinistres rougeurs,
Ne rien laisser debout sous leurs pas ravageurs,
Assassiner, piller, comme brigands et reîtres,
Et dépasser ainsi leur sauvages ancêtres.

Eh bien, le croirait-on ? Quand, devant ces malheurs,
Leur ouvrage, devant ces périls, ces douleurs,

Ils devraient se cacher, muets, pleins de la honte

Qui, quelquefois, aux fronts les plus abjects remonte,

Ces hommes, — ah! peut-on dire qu'ils sont Français? —

Du féroce Germain désirent le succès.

Spectacle révoltant pour les âmes honnêtes,

Ils se montrent heureux de toutes nos défaites

Et rentrent, effarés, comme l'oiseau de nuit,

Dès que, pour nous, le jour de la victoire luit.

Ils conseillent de plus la désobéissance

Au régime nouveau que s'est donné la France;

Il sèment en tous lieux le découragement;

Ils déversent, sans cesse, avec acharnement,

Le mensonge impudent, la basse calomnie,

Sur ceux dont l'effort tend à sauver la patrie;

Leurs actes, leurs projets, s'étalent si honteux

Que chacun, indigné, dit : L'ennemi, c'est eux!

Mais, France, quoi qu'il soit de leurs calculs infâmes,

Que tu brises ou non leur détestables trames,

Que tu puisses ou non, en un si grand danger,

Garder la République et chasser l'étranger,

L'histoire un jour viendra, vengeresse implacable;

Elle les marquera d'un signe ineffaçable;

Puis ira, sans pitié, toujours sur leurs talons,

Les fouaillant de ces mots : traîtres, lâches, félons!

15 Janvier 1871.

—

PARIS BOMBARDÉ

Glorieux monuments de la ville sacrée,
Asiles que fonda la pitié vénérée,
Muséums tout remplis de trésors éclatants,
Panthéon qui reçut Jean-Jacques et Voltaire,
Édifices nombreux, sans rivaux sur la terre,
    Et qu'avait épargné le temps,

On vous mutile, hélas! De farouches vandales,
Sur vos riches frontons, vos coupoles, vos dalles,
Font pleuvoir, nuit et jour, et le fer et le feu.
Guillaume, ce soudard méthodique et rapace,
Veut vous anéantir, puis effacer la place
    D'où vous montiez dans le ciel bleu.

Il s'attaque, il s'acharne aux choses les plus saintes;
Il lance des obus sur toutes les enceintes

Où souffrent des enfants, des femmes, des vieillards,

Des mourants qu'il atteint, même en leur agonie ;

Il ferait canonner, horreur, ignominie !

Jusqu'aux funèbres corbillards.

Paris enfin, Paris cette tête du monde,

Enserré, bombardé par une horde immonde,

Voit ses maisons tomber sous les boulets germains,

Et le monde, égoïste et muet, laisse faire ;

Et l'Europe se tait, ou dit : C'est leur affaire,

Et pour un peu battrait des mains.

Soit. Nous ferons sans eux. Toi, cité valeureuse,

Lutte, combats, triomphe et si, trop malheureuse,

A l'honneur, au devoir il fallait t'immoler,

Laisse-toi mitrailler, broyer, réduire en cendre,

Sagonte d'aujourd'hui, plutôt que de te rendre,

Plutôt que de capituler.

Février 1871.

LE PILORI

(LÉGENDE POUR UN MAGNIFIQUE DESSIN REPRÉSENTANT GUILLAUME, BONAPARTE ET BISMARK, ATTACHÉS AU POTEAU ET RECEVANT LES IMPRÉCATIONS DES MALHEUREUX QU'ILS ONT FAIT PENDANT LA GUERRE.)

Carcan au cou, vêtus de la robe du crime,
    Déshonorant le pilori,
Ces trois monstres sont là, qui de mainte victime,
    Voient les pleurs, entendent le cri.
    Le soldat, de sa plaie ouverte
    Montre le sang qui coule à flots;
    La mère pleure sur la perte
    De son fils mort,..... mort en héros;
    Les enfants demandent leurs pères;
    La femme demande l'époux.
    Ah! les tigres en leurs repaires,
    Maudits, font moins de mal que vous!

Février 1871.

—

ATTILA

(LÉGENDE POUR UN AUTRE DESSIN REPRÉSENTANT GUILLAUME ET
BISMARK QUI, EN COMPAGNIE DE LA MORT, GALOPENT SUR LEURS
CHEVAUX EFFARÉS, EN INCENDIANT ET EXTERMINANT TOUT SUR
LEUR PASSAGE.)

Leur jeune officier d'ordonnance,
C'est la Mort, hideux cavalier;
Comme eux elle court et s'élance,
Et bientôt s'emplit le charnier.
Bismark brûle palais et chaume;
Voyez-le, la torche à la main,
Tandis que du fer de Guillaume
Tombe un fleuve de sang humain!
Quand adviendra-t-il, ô justice,
En qui l'on espère et l'on croit,
Que l'homme ne soit plus complice
De la force primant le droit?

2 septembre 1871.

(ANNIVERSAIRE)

SEDAN

I

Dès le commencement de la fatale guerre,

O France, ton drapeau qui, sur toute la terre,

Bien des fois en vainqueur jadis fut promené,

Par la victoire, hélas! se vit abandonné.

Pourtant à nos soldats ce serait faire outrage

Que de leur refuser, pour cela, le courage,

Et de penser qu'ils sont un ramassis honteux

De fuyards, dès qu'ils voient l'ennemi devant eux.

Oh! oui, car, toujours prêts pour les plus rudes tâches,

Ils furent des lions, bien loin d'être des lâches.

Partout ils l'ont prouvé. Partout, à Reischoffin,

A Forbach, à Beaumont, à Gravelotte enfin,

Ils sont morts en suivant du pur honneur les règles.

Quant aux chefs, on le sait, ce n'étaient pas des aigles.

Sedan!..... ô mon pays, quel sombre jour pour toi !

France, tu ne crains rien et ton unique effroi

Est qu'on puisse te croire un instant effrayée ;

Eh bien, quand, par l'obus et le boulet broyée,

Notre armée acceptait, calme, un semblable sort ;

Alors qu'elle voulait, certaine de la mort,

Dans les rangs ennemis essayer la trouée ;

Alors qu'à ce trépas victime encor vouée,

Dans le gouffre elle allait se jeter sans terreur,

Lui, ce chef avachi, cet ignoble empereur,

Sans pudeur, sans remords, pauvre France trompée,

Te livre à l'étranger en livrant son épée !

Mais toi, tu pus du moins, sous l'immense dégoût,

Voir ce pitre odieux s'abîmer dans l'égout.

II

Il est donc vrai, tu capitules,

César, des anciens Augustules

Représentant même avili ?

Cependant les obus, faux brave,

Ne t'atteignaient pas dans la cave

Où tu t'étais enseveli.

Ah ! ce n'est pas comme en Décembre,

Alors que, du fond de ta chambre,

Les deux talons sur le foyer,

Par tes sbires les plus infâmes,

Dans Paris, enfants, vieillards, femmes,

Tout, oui tout tu faisais broyer.

Il faut ici, tirant l'épée,

Le cœur haut, l'âme bien trempée

Et tenant ferme le drapeau,

Crier : En avant! Mais toi, lâche,

Couard qui tremble et qui se cache,

Tu te rends pour sauver ta peau.

Avril 1872.

POUR LA DÉLIVRANCE

(DIT DANS UN CONCERT)

Ils sont encore là les vandales modernes,

Ils occupent nos camps, nos places, nos casernes ;

Leur sabre détesté traîne insolent, vainqueur,

Sur nos pavés, avec un cliquetis moqueur ;

Leurs musiques, leurs chants, leurs éclats de trompette

Insultent à nos deuils ; nous détournons la tête

Pour ne pas saluer leurs horribles drapeaux ;

Ceux qu'ils nous ont tués, du fond de leur repos,

Peuvent entendre et voir ces choses odieuses ;

Nos femmes, comme nous, plus que nous malheureuses,

Subissent, forcément sans doute, par hasard,

Mais pourtant du Germain subissent le regard ;

Notre patrie, enfin, par Bismark garottée,

Et clouée à la roche ainsi que Prométhée,

Sent la serre et le bec du vautour allemand

Lui labourer le cœur impitoyablement.

Il est temps, n'est-ce pas, que cesse un tel supplice?

Eh bien, pour qu'il en soit ainsi, pour qu'il finisse,

Pour que l'envahisseur, de son pas abhorré,

Ne souille bientôt plus notre sol vénéré,

Pour que la France, encor front haut, face sereine,

Ne perdant pas des yeux l'Alsace et Lorraine,

Et de tous ses malheurs, fière, se relevant,

Reconquière sa place et remarche en avant,

N'oublions toujours point, songeons que notre affaire

Est de nous affranchir, qu'afin de satisfaire

Guillaume, l'inflexible et rapace vieillard,

Il nous faut procurer cinq fois un milliard,

Et qu'il n'est pas permis de manquer à Guillaume.

Donc, à ce dur Schyloc faisons vite la somme.

Maintenant, si l'on sait que, pour nous racheter,

Il est d'autres moyens qu'on ne peut éviter,

N'en soutenons pas moins, c'est le vœu de la France

L'œuvre qui doit aider à notre délivrance.

Suivons nos bons instincts, versons ou souscrivons,

Selon nos facultés, comme nous le devons !

Et que chacun donnant, ne fût-ce qu'une obole,

Prouve ainsi que la France est toujours son idole.

1873.

—

A DEUX CAPTIVES

Ne plus porter le nom de France,
Appartenir à l'étranger,
Et de bientôt se dégager
N'oser concevoir l'espérance,
Quelle âpre et cruelle souffrance!

Alsace et Lorraine, nos sœurs,
Tant que nous vous aurons perdues,
Nos mains vers vous seront tendues,
Vers vous s'élanceront nos cœurs!

Quand, par le seul droit de conquête,
Le vainqueur s'impose aux vaincus,
Croit-il qu'on ne pensera plus
A cette France qu'on regrette?
Germain n'attends pas qu'on te fête!

Alsace et Lorraine, nos sœurs,
Tant que nous vous aurons perdues,

Nos mains vers vous seront tendues,
Vers vous s'élanceront nos cœurs.

Chères et nobles prisonnières
Que domine un maître odieux,
Vous dites, les larmes aux yeux,
Devant vos nouvelles frontières :
« Quand donc tomberont ces barrières? »

Alsace et Lorraine, nos sœurs,
Tant que nous vous aurons perdues,
Nos mains vers vous seront tendues,
Vers vous s'élanceront nos cœurs!

On ne peut parler à l'avance,
On ne peut dire l'avenir,
Mais l'heure de se réunir
Est peut-être plus près qu'on pense.
Oh! oui, vous redeviendrez France!

Alsace et Lorraine, nos sœurs,
Tant que nous vous aurons perdues,
Nos mains vers vous seront tendues,
Vers vous s'élanceront nos cœurs!

14 Juillet 1873 (1).

POPULUS

LE PEUPLE - LE PEUPLIER

Nos pères, jadis, l'ont planté,

Dans un temps de réveil sublime,

Le bel arbre de liberté,

Le peuplier à haute cime.

Quand de la Bastille, en Juillet,

Grondaient les vieux canons de fonte,

De Populus le sang coulait :

Plus on l'ébranche, plus il monte.

Bientôt, contre tyrans et rois

On livrait la grande bataille ;

Mais, dans vingt combats à la fois,

Tombait l'immortelle canaille.

La France luttait sans secours,

Du nombre ne tenant nul compte.

Et l'arbre grandissait toujours :

Plus on l'ébranche, plus il monte.

(1) Le gouvernement de combat fonctionnait depuis le 24 mai précédent.

Prêtant ensuite son appui
A l'homme fatal de Brumaire,
Populus refit avec lui
La longue étape sanguinaire.
A faire tomber ses rameaux
Que la hache alors était prompte !
Mais la gloire couvrait ses maux :
Plus on l'ébranche, plus il monte.

Plus tard, après quinze ans de deuil,
Surgit une nouvelle aurore :
Des trois grands jours, avec orgueil,
La France se souvient encore.
Puis vint Février qui brilla ;
Puis Décembre, sanglante honte,
Peuple, alors on te mutila :
Plus on l'ébranche, plus il monte.

Enfin, sous le pied d'un tyran,
Vingt ans se courba la patrie ;
Et, sans volonté, sans élan,
Elle en resta comme abêtie.
Aussi, pour la vivifier,
Ce fier peuple, qui tout affronte,
Dut encor se sacrifier :
Plus on l'ébranche, plus il monte.

Or, que voudrait-on à présent?

Malgré tes malheurs, pauvre France,

On voudrait, sous un joug pesant,

Te ravir jusqu'à l'espérance.

Mais l'arbre de la liberté,

Dans un pays que rien ne dompte,

Ne peut être décapité :

Plus on l'ébranche, plus il monte.

POUR LES INONDÉS

10 Juillet 1875.

—

POUR LES INONDÉS

I

Vallée au doux ciel bleu, terre heureuse et bénie
Que la Garonne baigne, en sa grève aplanie,
Et rafraîchit d'un flot limpide et paresseux ;
Magnifique pays, toujours présent à ceux
Dont tu vins une fois illuminer la vue,
Oh ! comme en ce printemps, dans leur vaste étendue,
Tes plaines, tes coteaux s'étalent radieux !
Tout ici semble fait pour le plaisir des yeux :
Là, des arbres touffus, des masses de ramures
Où les zéphirs légers chuchottent des murmures ;
Là, de blanches villas à l'ombre des bosquets ;
Plus loin, des prés fleuris, frais et moelleux parquets,
Des peupliers géants, des frênes, des aulnaies,
Des grappes d'aubépine en fleurs, tout plein les haies ;
Ailleurs, des blés épais que bientôt messidor
Transformera partout en nombreux épis d'or ;
Puis, les saules tremblants, les immenses prairies,
Tapis où la rosée éclate en pierreries ;

Puis, dans les bruns guérêts, armé de l'aiguillon,

Le rude laboureur courbé sur le sillon ;

Puis, tout là-bas, le fleuve où, sous sa voile grise,

Le bateau du pêcheur court, poussé par la brise ;

Puis enfin, les grands bourgs, les villages charmants,

Les villes, les cités aux riches monuments

Où, sans cesse, travail, art, commerce, industrie,

Versent à pleines mains la fortune et la vie ;

Et sur ce paysage éblouissant, vermeil,

Les bienfaisants rayons d'un splendide soleil.

Tel le panorama sous les yeux se déroule.

D'autres sensations encor viennent en foule :

C'est le vent attiédi qui passe en murmurant

Et parfume les airs de son souffle odorant ;

Ce sont les mille voix, les bruits de la vallée ;

C'est de l'oiseau la note, éclatante ou voilée,

Qui charme, et qu'on écoute avec ravissement ;

C'est quelquefois des bœufs le long mugissement ;

C'est aussi, lorsqu'au soir le bas du ciel s'estompe,

Du pasteur attardé l'agreste son de trompe ;

C'est cet ensemble, enfin, de vie et de beauté

Dont tu portes l'empreinte, ô pays enchanté.

Qu'ils sont heureux ceux-là qui toujours peuvent vivre

Au sein de ces tableaux dont le regard s'enivre !

Fortunés habitants, vos destins sont si doux

Qu'on a presque le droit de s'en montrer jaloux.

II

Comme le ciel devient sinistre !
Le nuage, couleur de bistre,
Laisse échapper la pluie à flots;
La trombe gronde et se déchaîne :
On dirait des âmes en peine
Entendre les tristes sanglots.

Des pics neigeux des Pyrénées,
En cascades désordonnées,
L'onde, avalanche ou tourbillons,
Se précipite, et, dans sa rage,
Accumule sur son passage
Malheurs et dévastations.

Il pleut sans cesse. La rivière,
Si claire, si calme naguère,
Monte, monte, monte toujours.
Le flot jaune et bourbeux charrie;
C'est un torrent dont la furie
Va tout balayant dans son cours.

Ah! comme l'immense vallée,
D'arbres et de fleurs constellée,

A perdu son aspect d'hier!

Ces grandes pelouses joyeuses,

Où chantaient en chœur les faneuses,

Ne sont plus qu'une vaste mer.

Plantes, moissons déracinées

Par le courant sont entraînées,

Et se mêlent au noir limon;

De ses hôtes l'étable est veuve :

Les plus grands bœufs sont par le fleuve

Pour toujours ravis au timon.

Les maisons, les hameaux, les villes,

Dont les habitants si tranquilles

Ne songeaient guère à pareil sort,

Croulent, roulent au fond de l'onde,

Et leurs maîtres, sous l'eau profonde,

Trouvent, hélas! souvent la mort.

Quels désastres indescriptibles!

Oh! lorsque ces fléaux terribles

Viennent fondre sur un pays,

Combien sont grandes les misères!

Que d'enfants privés de leur pères,

Et de vieux pères de leurs fils!

Ruinés, san pain, sans asiles,

Ceux des champs comme ceux des villes

N'ont qu'un lamentable avenir.

En proie à la noire souffrance,

Découragés, sans espérance,

Hélas! que vont-ils devenir?

III

Oh! mais la France est là! Voyez, elle se lève.

On s'occupe partout, sans repos et sans trêve,

Pour faire un sort plus doux aux pauvres inondés,

A quêter des secours aussitôt accordés.

D'abord, nos députés, au nom de la patrie,

De cette France, hélas! naguère si meurtrie,

Qui perdit tout, frontière, enfants, tout sauf l'honneur,

Oui, nos représentants, ensemble, d'un seul cœur,

Se hâtent de voter les sommes nécessaires,

Afin d'atténuer de pressantes misères.

Et puis les grands devoirs de solidarité,

Les plus nobles élans : bienfaisance, bonté,

Et tous les sentiments dont la pitié s'inspire

Entraînent tout le monde à verser, à souscrire.

Citadins, paysans, ouvriers et bourgeois

Se rencontrent là tous, tous donnent à la fois.

Ah! Français, appuyons, et d'un cœur sympathique,

L'œuvre d'humanité, l'œuvre patriotique,

Qui doit venir en aide à tant de malheureux!

Riches, donnez beaucoup, montrez-vous généreux!

Toi, pauvre, donne aussi; la plus chétive obole,

Dans certaine mesure agit, soutient, console :

Le denier de la veuve a son prix, tu le sais!

Enfin, tous, tous, donnons! — Donnerons-nous assez?

TABLE

	Pages
Dédicace	5
Avant-propos	6
Réveil	7
Les bons et les méchants	11
L'Empire, c'est la paix	13
L'ordre, j'en réponds	17
Les plébiscites de César	19
Les réactionnaires	21
Paris bombardé	23
Le pilori	25
Attila	26
Sedan	27
Pour la délivrance	30
A deux captives	32
Populus	34
Pour les inondés	39